緋のうつわ

篠崎フクシ

七月堂

目次

I

II

III

I

ウェルフェア

目隠しをしている
そんな児戯を
こうして滞りなくおえて
眼球を水であらうような
仕草が
鼓膜へと伝播し
傍らの鈴がなる

アン・サリヴァン先生が
手のひらに
あなたがここにいる秘密を
温度で伝えてくれたことが
つぎの世の
ひかりにつながる
そう信じられるよう
目隠しをとる

喧騒がよみがえる

にくしみばかりに
目をうばわれすぎていないか
怯えるように走りつづけ
白杖をもつだれかに
ぶつかりそうになる
気づくだろうか

目隠しをとれば
気づくことも
あるかもしれない
善意や悪意ともちがう
確固とした

ヒューマンライツのさきに
具体的な
ひとの生き死にがある

手話ひとつ
点字ひとつ
読めぬ事実に赤面し
目隠しをとれば
逸失をはかりにかける
倫理なき
熱砂をおしとどめ
公正さをともなう

凜としたウェルフェアへと
ひらかれてゆく

＊welfareは、「福祉・幸福」の意。また、逸失利益とは、事故がなければ得られたはずの利益のことで、「障害」をもつ人のそれは、「健常」とよばれるひとのそれより低い（二〇二三年十月現在）。

ゆれるフュシカ

J通りにひびく警報が
街はずれまで届くとき
フュシカと呼ばれるカフェの
ブラジルがゆれる

怯える客はいない
炒られる珈琲に

熱い土地の名を
冠《つ》けたせいだろう
汗が、落ちる
きみはそこで
休暇のことを考えている
ルッコラの花が
白い十字架に見えたのを
憶いだしている

排熱と日々は地つづきだった
それでも
フュシカと呼ばれるカフェの

グアテマラがゆれ
マンデリンがゆれ
ジャマイカの山脈がゆれ
自然《フュシス》をさぐる
ひとの拾遺を
窓に透かせば
青いはずの地がしきりに咽ぶ

公正な取引をおえ
きみは太陽に召された
百年ぶりの呼吸だろうか
汗が落ち、目が眩み

けしきの回転で膝が折れると
祈りを捧げるひとのようだ

灼ける街は蘗《きはだ》にそまり
J通りの警報がなり止まない
肺をやられる、と
誰かが防塵マスクのしたで
うめいていた

文明《うつろ》が砂に埋まる

きこえるだろうか

カフェ・フュシカの軋みは
いつかきみの
きみたちの耳を
抄《れきし》にする

*「抄《しょう》する」とは、書物の一部を抜き書きし、注釈を添えること。「世」のすべてを語ることかなわぬなら、せめてその微かな音に「耳」を澄まし、「抄」を遺さんとする、「historia」以来の、ひとの性よ。

端舟

小さきものを　浮かべ
渦の内側へと
吸われるさきに　悦びがある

馥郁とかおる　花いだき
端舟《はしふね》にまどろむきみが
恋をしていたのも　つかのま

果てなきものを　宇《そら》に浮かべ
きみの箱庭に　典雅なつるぎ
舞うように見えたのは
鯨だった

雪片に似ている
小さきものは果てなきもの
はじまりの元型《アーキタイプ》
を、支点として
あまねく天球をてらす秤となる

社宅のゴム管はほころび
父のたぶれた脊骨も
ふりかえるとみちはなく
無花果をなめる女の
濡れた舌だけがそこにある

いまだ、わだかまるのか

稀有なる手のしわを見よ
きみの唯一性は厳かにあり
舟の行方は花のみぞ知る
想いびとは

久遠の相に
ねむりつづけている

朝の住人

片われは、影もなく
いのちの均衡をやぶりながら
玉川上水の木立をきりとり
緑道のへりに画布をならべる

片われは、朝の住人
わたしがかつて

棄ててしまった分身《みらい》
あかつきやみ
おわるころ
秋のはじまりなのに
樹液は鼻さきを掠め
蹌踉のあとを土にのこす

たましいの灯が　ぽつり
あらわれては
ひとつの故郷へとあゆみゆく
わたしはまだ、夜《タナトス》のゆり籠で
ねむりをむさぼるのに

おまえはもう母のうちへと
戻ろうとする、朝の住人

欅の幹に樹齢をたずね
りょう手で抱えきれぬ年の輪に
耳をあてる片われ、おまえは
まぎれもない、朝の住人

いのちが
はじまろうとするのを
消え入るように
ことほぐように

くちびるをとがらせて
七つめの喇叭をならす

＊夜と朝、それから木々が、薙ぎ倒されてゆく
「七つめの喇叭」は、『新約聖書』の「黙示録」より

風の準備率

若しもの夜のため
いのちの一部を預けている

木草おとのう
月の粼《せせらぎ》
つぎにくる者らの手へ

いのちなる幻が
あなたの丘に　風を
十の声音とともに
はこぶこと
叶うなら
ふたたびの生
その記憶の
分かちあえる朝を
贈りたい

いにしえびとのかたり草
汀に浄められし貝貨

預けている
このいのちの
かすかな風の準備率に
もとより
多寡など
ありはしないのだが

蒼海原のおおきな指が
天をさすのだ

はかりごとなど

すててしまえ

フロントライン

手をつないでいる
ほどけたときの
冷たいすきまを
あらかじめ
温めておくために

それらしきことが在る

午後のチャイムが
なり終わるまで
語らう者は
教室のすみで
手をつないでいる

おそらく、と
前置きをして
硝煙の匂いを
ひまわりに
背負わせることが
正義であると

信憑性のうすい
修辞を張り紙にして
衆目にさらす

邑の因襲のように

第二外国語でならった
キリル文字すら
ほどけてしまって
忘れていたことを
悔いる閑もないが
もういちど

手をつなごうと
ちいさな戦線で
さがしている

つなぎなおすための
温度を

夏を疑う

風死すひかり　墓碑をなでる
月光だけが　たよりなのに
敬虔なるきみのはじまりを
その符で穢してしまう

前髪がゆれる
供犠のゆうべには

三日月の洋菓子を焼き
欺くように　捧ゲルノデス
鍵盤におちる雫とともに

踊りましょう
さよならの円舞曲《ワルツ》
きみは　ねえ　おわりを告げる
ずっと泣いていたから
嘘ばかりの卵をだいて
けして孵らないと知りながら

夜に祟られているの

きみはおびえてばかりの日々
ヘッケルの系統樹が
月まで延びてゆくと
星図から生える巨きな手が
夜の祟りを呑みこんでゆく

嘆きの円舞曲《ワルツ》にあかりを燈し
朝がくるまで踊りましょう
灼熱　轟音　眩しすぎるひまわり
かつて脳外科医が創りし寓話
傍らにおき

Waltz Someone Around

夏を疑う貨物列車は　いまも
きみが乗るのをまっている

＊ waltz someone around は、
「人を欺く、はぐらかす」の意。

渡海するかれうた

狭いうろを
むりにぬけようとするから
肩の皮膚はめくれ
いたみをしたがえては
水かきのない手で
泳ぐようにすすむ

渡海するかれうた
くにを鎖《と》ざしていたころの
異邦の船の名を
いまさらのように憶いだす
あだしのくにの神
とよばれた
偶像とはちがう
未知の黄金律に戦慄していたころ
galeota のひびきに
風が帆をうちふるわせた

ぬけてみたところで

配水管が錆びていて
救われるような光景を
抱けるはずもないのだが
それでも、このうちに息づく
渡海するかれうたが
あたらしい櫂と風を
雲のように吐きだしてくれる

後悔ばかりの抜け殻よりも
だれかを恨みつづけるよりも
傷の手あてをおえたのならば

さがしにゆこう

えなに秘めたる胎動を

ひかる円周の孤独なはてを

シルバーレイン

石畳に鳥かげ
めまぐるしく
回転するのを
双眼にやきつけている
夏のおわり
薄らいでゆく俤は
磁力をなくす球儀のせいで

ぐるり
ゆきばのないまま
まわりつづけている

きみのうちなる
御影石に
きざむ
砦の堅固さ
まよいなきうた
それからの、雨
隻眼の濡れ猫が
からだをふるわせて

迷いこんだ御座敷の
ひとの　残り香が
あしあとを追いかけて
砦を解ぐそうとするのだけれど
かた結びの呪詛はきえず

あゝ　いるのだな
そこに

生き遺ってしまった
両の手のひら

あわせたら
御影石の縁だけを
銀色の雨《シルバーレイン》がとかしてゆく

II

雨々考

はなだ色にそまる
生のかけら
雨々《さらさら》
濡れていますように
紫々《つっつ》
アルミニウムのさがに
空ははじける

陽々《さんさん》と
ひかりをかさね
花くりかえし
そまる
暦のゆびきり

core

中心をうしないそうになる
のぞまぬ季節に
収斂するけしきを
傾いた遮断機が
みちゆくものに囁いている
こえがうまれようとしては
ためらいの

かけらだけ　残される

総武線のきいろい世界が
下町の工場跡にかさなる
少年が小石にふれると
くろい、くらい羨道から
泪をぬぐう木偶がのぞき
サルビアが甘く濡れる
蹴られた痛みよりも
ずっとふかい、痛み

路傍にかげろう

迫害する者は去り
やぶれた皮膚から
こえにならないこえが漏れ

きいろい校舎は鉄の味がして
夜が明けるまで
にくしみのことばに
ふるえた

膨らみつつ
やがて
恢復するこえに

あらゆるいのちの補助線が引かれる

こわれては
うしないそうになる中心を
搬んでゆく
エスカレーターが
月まで届く

意味を背負う夕立

社宅の屋上には
灰がふっている

貯水槽の縁に座る兄弟は
銭湯の煙突が
十三時に傾いているのを
不思議そうに見つめている

夕刻の桶がなっても
三つはなれた弟とふたり
とおく下町の屋根を眺め
いつまでも
うしなわれた色彩について
語りつづけている

夢《みらい》が
あったような気もする
経験が
ことばに意味をあたえる

にいちゃん、あのさ

そのつづきを
憶いだすことはない
ざらついた床
塗装の剥げたタンク
白くそまるゆびさき
ちいさな暮らしが
いつものように
ふたりを呼びにくる

湯の香りに
橋が架かると
もうすぐ夕立が
くるだろう

ひとさめの
意味を背負う夕立が

思考機械

こわれた機械を
東京に置いてきた

稜線に切られるあさの日が
水平に
北アルプスの裾を舐め
安曇野の田畑を夏にみたす

依存している思惟の変容に
ゆだねてみようか
おまえの元素が浮游する
邑のこれまでを
綯い交ぜにして

綿津見命《わだつみのみこと》をかつぎ
南の海からきたという
安曇《あま》族のとどまる地では
お船と巨大魚が祭りに噪わぐ

犀川の蛇行はいまだ影にあり
つがいの白鷺が
畝にうなだれるのを
じっと湧水の山葵が見つめている

羽搏くまでの永遠は糧ゆえ

迸《とばし》る刻に
おののくおまえは
思考機械
ひねもす都会の雨に濡れ
廉価の棚に

さらされつづけている

あさの収穫をまつ
野菜たちが
静物のように
その実在を
訴えているというのに

ヴェイス

灰がのびる
ずっとまえに
やめたはずの
煙草の先端が燃え

白い糸がたちのぼる
野焼きの夕暮れに

赤蜻蛉がながれゆく

灰は
硝子皿のそこにおち
おまえはもう
なにもふりかえるなと
意味の地平から
離脱する

*

地にねづきし水

脈をえだにして
あめからめぐる
山車のかげには
輪の蛍火

水の　祝祭の　四阿《あずまや》の
うまれたてのきみ
柔らかだから

抗生剤の効かない
膿みつづけるゆびさき
太陽は、　つかれている

ブランコがゆれる
一年草を摘めば
水ふる庇からおと
まわす　まわす
祝祭の傘

*

卓上に
花いれ
午後の窓

翳はあわく
凝縮する刻

カスミソウ
無音である箱
いま　そこに
在るという気配

午睡から醒め
夢のかけらを
書き留めようと
するのだけれど

紙は白であることを
やめない

矩形に切りとられる
非在の吐息
鉛の筆を擱けば
花弁がなく

言い淀むように

日向の子

おおきなちからに
あらがうだけの
こえがだせずにいる
日向の子

始業式がはじまるのを
いつも夢みていた

かぎを　かけ忘れたせいで
夏やすみがいつまでも
終わらなかったから

日向の子は制服をたたみ
海辺の月に触れました

そうして
あらわれをまつ仕草を
画布におさめようと
日向の子は
なみだを塗りました

ねがいは秋に届きました

今度こそ
季節にかぎをかけて
教室のあけ放たれた窓から
こっそり忍びこむのです

穀倉地帯

土にねむり
半世紀
発芽の秋《とき》も
すぎたのに
アルゴリズムの変奏で
教卓のまわりを
浮游している

まぼろし
謎かけ

おし流されてゆく
校門から
腐葉土の
かおりとともに

たがやすのは
もしかしたら
雨乞いをおえた
巫女のぬけがら

飼いならしますか
おそれの種を
第二頸椎からはじまる
日々の眩暈を

身をのりだす子らは
鍵盤の秩序なき旋律を
水切りのように奏でる

だから、ね
いいですか

地上天気図の等圧線が
穀倉地帯に
雪を降らせようとするのは
冷しそこねてしまった
いつかの悔恨を
弔うためなのです

朴のみち

たしかにきこえる
肯んじることを拒む
針のような
貌《かお》であるような
もう伝わらないこえ
彫琢のきわみに
帷子のおもさを知る

泣くための作法を
教わらなかったので
泪のかわりに詩をふらせたのは
昔日のゆりかごでした

きっとちがう
そうして
なっとくしようと
するのだけれど
かたちあるものばかり
おいかけてしまう

さあ
それだけがすべてじゃない
もうすぐだから
街は秋にそまるのに
つかれを知らない
回し車の
やわらかな生き物のように
朴《そのまま》のみちを
飾らない日々をあゆむことで

いつかの　言及の尾根へと
復《かえ》ってゆけばいい

＊「雕琢復朴」とは、「彫琢して朴に復《かえ》る」の意。
『荘子〔内篇〕』金谷治訳注、岩波文庫、一九七一

平衡幻想

1

片方の皿に分銅をのせ
あるものの重さ
量《かさ》を
比してはかるための
方途とする

目的でなく

司法の世では
正義の象徴として扱われる
天秤

ときとして
いのちの重さすらも
はかろうとする
ひとのつくりし則《のり》

その罪をいのちで贖え
と命ずる玉座には
もうだれも触れようとしない

ならば、ひとよ
おまえの罪を
いくつそれに
のせてやろうか

平衡幻想

儚き夜の女神

アストライアは微笑し
遺された
片腕の剣をふりおろす

＊諸説あるが、アストライアはギリシア神話の女神で、おとめ座にあたる。地上に天秤を遺したのは誰か。

2

うちあげられる
白峯のみたまが

水にうつるからと
息をとめる

ひとつ、ふたつ
怪異のうそがたりを
かぞえあげる水時計《クレプシドラ》
ふたたびの呼吸から

あわく

ふたしかであるからこそ
片肺の幻想にうちひしがれ
ねずみいっぴき逃さぬよう

ふさがれてゆく
夜の西行は歌をわすれ

はかりえぬ
たまりの佇まいに
土壌のひびの
漏れだすこえだけが
解のない強弱のなみ
そう
なみのようにおしよせる

発芽する怨、が

うねりながらも
やがて浄められ
丘を若菜にそめるころ

まるい雫が
ひとつ、ふたつ

そうして抄《れきし》は
だれにも詠めぬ秘密をむねに
やまぬ盛衰の天秤を
無量のよすがとする

＊参考　上田秋成『新版　雨月物語　全訳注』青木正次訳注、講談社、二〇一七

III

内海

もうすぐ燃え尽きるだろう
終電のうしろ姿を眺めている
おとこはたしかに
名鉄の車輌から降りていたはずだ
奥田駅で別れたおんなは
さいごの一滴を惜しむように
ビール瓶の欠片を砂浜に埋める

そんな真昼の残影を
最後の車輛は乗せて去るのだ

内海か
そうだ
洗濯をするために
その場所にかえらなければ
足がもつれる
すべての店のシャッターは閉まっている
ここは名古屋ではないけれど
東京の味覚から隔てられている
そのことについぞ馴染むことはなかった

ロダンの門扉を覗きこむようにして
終電のうしろ姿を眺めている
まだ燃えている

おとこはヘルメットをかぶる
潮の匂いは遠ざかっている
オートバイのエンジンをかけると
直結された痛みが甦る
警察から連絡があった
「盗まれていたバイク、見つかりましたよ。
奥田の砂浜に乗り棄てられていました」

おとこはうなずいて　受話器をおろす
内海に帰らなければならない
大字内海字中前田のアパートに
三月の冷たい夜の風を
ブルージーンズに忍ばせて
知多の湾岸を走る
燃える

明日は対岸の津まで
全速力で走るだろう
内海の朝焼け

息が切れようとも
まだそれは燃えている

午後のパルチザン

ふたつの孤独をねむった
通り名を舐める子ら

午後の日にやられている
大佐のアイスクリームが
溶けているのを
遊撃のことばが

追いつけぬほど
日だまりにねむっている

白いテラスのおんなは
G・ガルシア＝マルケスに
耽っている

水車がまわる
粉挽きのゆくえ
あらがうことの孤独を
子らの翳にみる
この夏のパルチザンに

午後を塗りつけ

星座

そしてミモザ

いつかの孤独をねむる
ふたつの孤独をねむる
もう　迷うことはない

破れ

蝶の翅が散る
床に延びる窓枠の影が
それを具象し
客体としての眼球に
貼りつこうとする

わたしの指さきは

翅を
紫の骸を
拾うこともせずに
ふるえているのです

虚栄の紙が舞い
どこまでも迫る
追いかけてくる

だからその紙を、破れ

主体の底部を

叩くようなこえが
命ずるのを
何者かが見凝める

逃げても逃げても
つけ狙うのです
虚栄の紙をはらうなど
叶わぬはずなのに

半壊する聖堂と
告解の小部屋が
六月の雨に濡れている

あの日、目の前のあなたを
押し除けようとして
作為に溺れたのはわたしです

悔恨の共同体など
免罪の符とはなり得ない
ひとり
是とされる様式と
落下する蝶の翅が
主客の隔たりを
忘れさせてくれるまでは

夜をそめる

パスタを茹で
きみの帰りをまつ
夏の夜はあまりにも
静謐というたしなみを好み
真相をあばこうとする

燃えおちるそれを

隕石と名指す
惹かれあうもの、　の欲動と
physical な法則が
大地にもうひとつの惑星を孕む
沸騰する水のひびき
気づくと
この手には刃物のひかり

硝子の板には
ニュース映画がかまびすしい
極超音速の楕円が
小国の街におちる

瓦礫の光景が
喝采というグレースケールに
そまってゆく

こんなはずではなかった
おまえの責任かもしれない
責任をとろうとしない　おまえの
ゲルハルト・リヒター
〈ビルケナウ〉をみたばかりに

黒　その向こうにひとのゆらぎ
クリームソースを

パスタに馴染ませ唾をのむ
せめて　せめて庭のバジルを摘みたい
せめて　ふれたい　せめて
カーテンの襞に這わせた指から
砲撃のような重い低音が伝わると
夜が花色にそまる

隕石だったらよかったのに

きみは終わらぬ残業で
液晶画面を抱きながら
地殻の石となるだろう

パスタはすっかり冷えている

華胥

物語のおわりを知りたいなら
思慮深い目で
おまえは語りかける
禽舎《こや》をきよめるといい

こぼれた餌やよごれをふき
朝餉と水をやり

ことりらの嘴が
針のようにつつくのを
ほおに網のあとをつける
子らが見凝めている

進言どおり
つぎの日もはたらく
そのつぎの日も　その先もずっと
もうすぐですよ
満足そうに　おまえは微笑む

枯葉の舞うころ

街のパレードが
通りすぎてゆく
なぜか
興奮したひとりが禽舎の鍵を奪い
力ずくで　ことりらを放った
おれはなすすべもなく
翼をもつものらが
いっせいに飛びたつのを　あおいだ
手のひらの雛だけは温かく
これが　来るべき華胥《ユートピア》の国なら
物語におわりなどあるだろうか

雛はひとりの少女であり
すらりとした中指を立て
おまえにあらがおうとする

「だめじゃないか」

たしなめたところで
おれの舌はみずとなり
足もとのたまりへと帰ってゆく
すべての不道徳《ものがたり》とともに

＊「華胥《かしょ》」は、かつて黄帝が夢みた無為自然の理想の国（「その国師長なく、自然なるのみ」）。中国の道家思想の書から。
『列子』小林勝人訳注、岩波文庫、一九八七

ジグムントだより

雨季をうしなった今年
かわきをいやそうと
校庭のすみに
井戸をほることにした

ほりすすめると
水のかわりに光が湧くので

いのち綱をよくしめて
底のそこをたしかめにいく
光は生あたたかい
あかんぼうの産着のようで
やわらかだ

やがて
氷柱のような
白い円錐たちが上下にひろがると
光のさきに人の目玉のような
ものが見えた
輪のふちに手をやり

おもいきり
からだを外へともち上げる
ぬるりとした感触と
あたまをおさえつけられる
不快が好奇心にかわる

大きなひとが不思議そうに
それ、をながめている
ふりむけば　うつろな目をした
ジグムントが、口をあけている

雨季をうしなった今年

かわいているせいか
校庭のすみでは
井戸から焔があがっている
だれも消すことはできない

「自我がこわれていますな」

大きなひとがペンチを握り
抜いておきましょう
などと言う
小さなジグムントはしかし
最後の矜持をみせようと

それ、の導火線に火をつける

雨季をうしなった
この夏のかわきは
小さなおとこの
大きななげきでもあるらしい
校庭のすみでは
涸れ井戸をかこむ生徒たちが
おのれ、をこえる何者かに
いどむような　まなざしをむける

終礼

黒板の置き字を
消しているのは
ひとりの
木霊だった

かたちの上下《うえした》を
探究する学徒よ

むこうの山々に
届くかもしれぬと
その日のおわりに
頭をさげる
きみたちはそうして
教室をあとにする

＊礼のはじまり
「禮」
天をあおぎ
捧げるもの
飢えなきよう

新小岩駅北口

鳥の羽搏きは
灰のふる空にひびき
なみと戦禍と思惟を
土より生える祈りの塔へ
手渡してゆく

新小岩駅北口

かつて暮らした社宅も
つゆときえ
他性というバベルに沈む

一九八七年

雨の朝を乗せようと
篠崎行きのバスが息を吐く
駈けこむきみは転びそうで
手を差し出すと
(大丈夫です)
自分の胸に手を当てた

その所作が言葉と分かるまで
時間はかからなかった

新小岩駅南口

世界は焦慮をかさねながら
ゆれようと待ち構えていた
根拠など不明確なまま

あゝ　鳥が灰をのむ

バスはただふたつの十七歳と

四半世紀少しの朝を乗せ
走るほかはなかった
雲間から射す
いのち果てる場所まで

緋のうつわ

かわいているのが
いい
風車が
あなたの傷をめぐる
ほしぞらが
諍いを仲裁するとき
瀬戸の海があやしくひかり

旅のあなたを
無縁仏の積まれる
自由律の句へといざなう

かわいていることで
ふたつの義《せいしん》が
あらわれる

そらとつち

捌かされる
おのれを恥じるようにして

ギリシアの詩人がうたうとき
ひとり
オリーブを植える

かわたれに
まねかれる緋よ

あなたは
ひと世をいれる　うつわとなる

＊「是故形而上者謂之道、形而下者謂之器」
（この故に形而上なる者これを道と謂い、
形而下なる者これを器と謂う。）
『易経』高田真治・後藤基巳訳、岩波文庫、一九六九

二〇二三年春の小豆島、尾崎放哉を偲び

篠崎フクシ

Fukushi Shinozaki

第一詩集『ビューグルがなる』(2021年) 第36回福田正夫賞

第二詩集『二月のトレランス』(2022年)

緋のうつわ

二〇二四年七月二〇日　発行

著者　篠崎フクシ

発行者　後藤聖子

発行所　七月堂

〒一五四－〇〇二一　東京都世田谷区豪徳寺一－二－七

電話　〇三－六八〇四－四七八八

FAX　〇三－六八〇四－四七八七

装丁・組版　川島雄太郎

印刷　タイヨー美術印刷

製本　あいずみ製本所

ISBN 978-4-87944-569-8 C0092